BLUES DU NORD

Scénario & Dessin
Viravong

« Viravong est un jeune artiste au trait déjà affirmé, sombre, qui s'alimente à l'observation de la vie.
Sa force réside dans l'insatisfaction à se contenter de rendre compte de ce réel et à chercher d'autres voies,
un engagement trouvé dans un récit métaphorique qui combine réalisme de la bd roman et du manga.
Ce n'est pas qu'une affaire de génération mais bien de volonté. En résidence au CENTQUATRE pour développer sa veine artistique,
en même temps que cet album, il est sans jeu de mots illustrateur autant que l'illustration de la mission du CENTQUATRE :
fournir un abri sensible autant que technique au cœur de la cité pour de nouveaux talents. »

José-Manuel Gonçalvès, directeur du CENTQUATRE

Pour Pierre, Cécile et May.

ISBN 978-2-203-03009-1
N° d'édition : L.10EBBN001188.N001

Achevé d'imprimer en avril 2012 en Slovénie par Gorenjski .
Dépôt légal : mai 2012 ; D. 2012/0053/337.

PFC

BAT Intérim

*HADJ : LE VIEUX (FAMILIER), CELUI QUI A FAIT LE PÈLERINAGE À LA MECQUE.

?!
POURQUOI T'ENLÈVES TA GROLLE ?...
TU TE SENS PAS BIEN ?...
C'EST TOI QUI DEVRAIS CHERCHER DU TRAVAIL, AU LIEU DE M'EMMERDER !!
À TON ÂGE, MOI, JE TRAVAILLAIS DUR ! JE FAISAIS PAS LE GANGSTER COMME TOI !!
T'ES GRAVE, MEC !! VA TE FAIRE MASSER !
?!

AH... TU ÉTAIS LÀ ?...
TU VOIS, TOI ET MOI, NOUS SOMMES PAREILS. NOUS AVONS BIEN VIEILLI...

LE BARON OUSMANE

ER ÉPISODE

12 M² POUR
UNE AFFICHE
C'EST NORMAL,
MAIS POUR
LAISSONS-LES GRANDIR ICI !!
RESF-FCPE
NON AUX SUPPRESSIONS DES RÉSEAUX D'AIDE !
ÉCOLE OCCUPÉ
T@XIPHONE
MULTI-SERVICES - INTERNET - CARTES -

العصر
المغرب
العشاء
OUI...
WESTERN UNION
... ET MOZAMBA, MORI, TAHATA ET JENEVOU, JE LEUR DIS : "PAPA, IL EST EN VOYAGE." MAIS IL EST GRAND TEMPS QUE TU RENTRES, OUSMANE !!
OU BIEN... COMMENT ?!! TU AS LA MAÎTRESSE BLANCHE QUI TE CAJOLE, C'EST ÇA ?!!
?!
C'EST TROP DOUX, ÇA !! QU'EST-CE QU'ELLE A DE PLUS QUE MOI ?!!...
...
... ET LE MANDAT, TU Y AS PENSÉ ?! ENVOIE L'ARGENT, OUSMANE !!

MEITA EST LÀ ? JE VOUDRAIS LUI PARLER...
JE TE LA PASSE ! MAIS ON EN REPARLERA, OUSMANE ! MEITA ?... MEITA ?!!
?
ALORS, OUSMANE ?... QU'EST-CE QUE TU LUI AS ENCORE DIT, À LA VIEILLE, POUR LA FÂCHER COMME ÇA ?!...
HAA... C'EST SON CARACTÈRE ! ELLE SE FÂCHE TOUTE SEULE ! ELLE FAIT TROP DE BRUIT !...
ELLE EST COMME ÇA, MAIS ELLE A RAISON QUAND MÊME... LES ENFANTS PENSENT À TOI...
LES ENFANTS ?... COMMENT ILS VONT ? ILS SONT SAGES, HEIN ?... ILS VONT BIEN À L'ÉCOLE ?
TOUT VA BIEN. MAIS POURQUOI TU NE RENTRES PAS ? L'ARGENT, ILS PEUVENT L'ENVOYER ICI. TU N'ES PLUS OBLIGÉ DE RESTER EN FRANCE...
À TON ÂGE, TU DOIS ÊTRE À CÔTÉ DE TA FAMILLE, MOURIR À CÔTÉ DE TA FAMILLE, COMME UN BON MUSULMAN. TU N'EN AS PAS ASSEZ DE LA FRANCE ?...
AU VILLAGE, Y A DES GENS QUI CRITIQUENT. MAIS MOI, JE SAIS QUE TU N'ES PAS COMME CES VIEUX QUI ABANDONNENT LEURS ENFANTS AU PAYS.

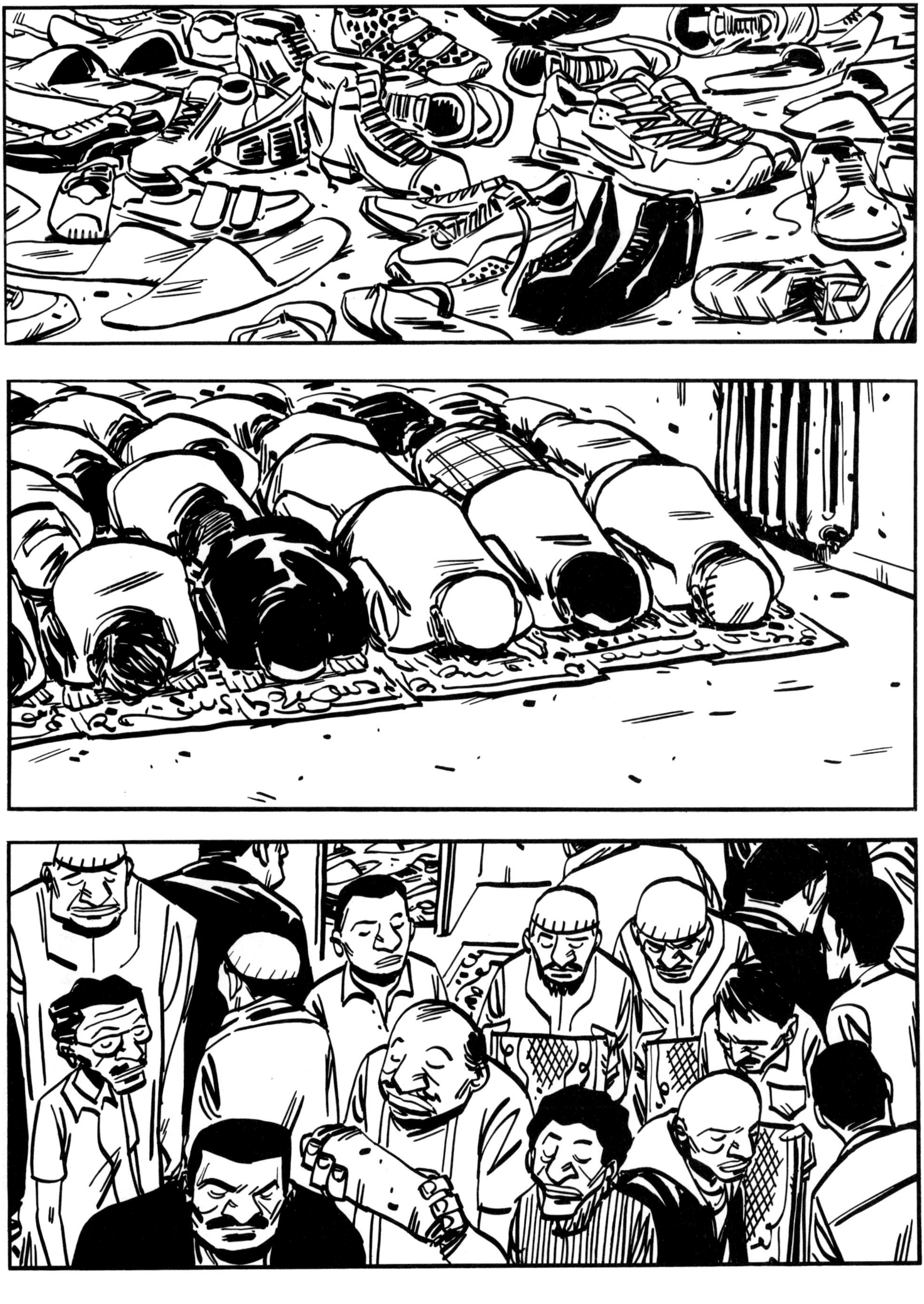

HÉ HÉ HÉ... JE T'AI TOUJOURS DIT, GRAND CHEF !... DEUX FEMMES, DEUX PROBLÈMES !
C'EST POUR ÇA QUE TU RESTES ICI, AU FOYER, AVEC LES HOMMES DU VILLAGE ?!
SI JE POUVAIS, JE REPARTIRAIS TOUT DE SUITE !! IL N'Y A RIEN POUR NOUS, ICI, À PART UNE PENSION ET UNE CHAMBRE MISÉRABLES !!
?!

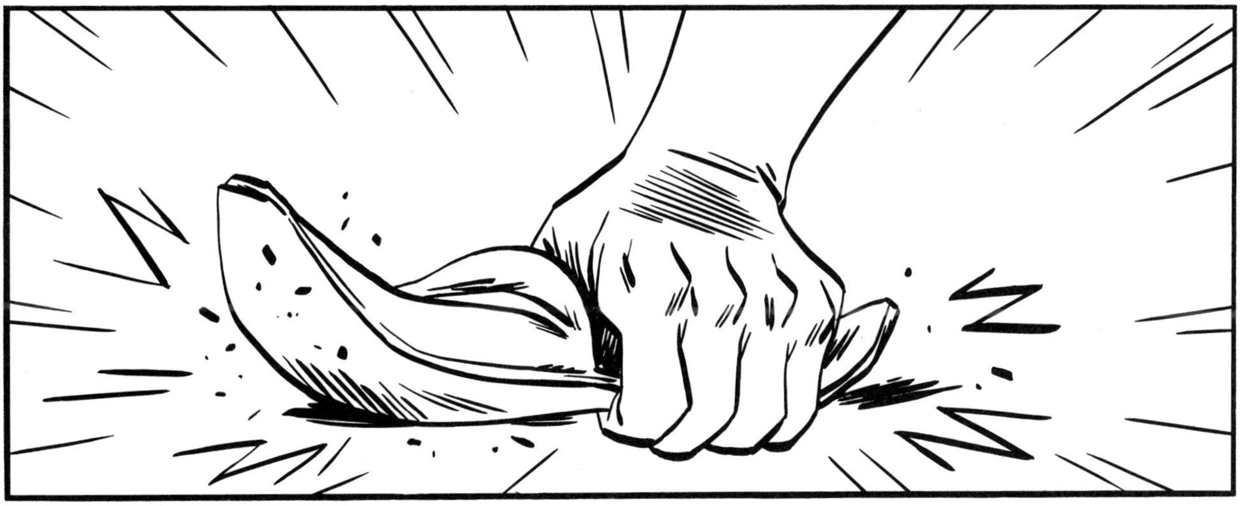

CELUI-LÀ, EN TOUT CAS, IL N'ÉTAIT PAS OBLIGÉ DE PAYER SON LOYER !

ET TOI, YOUSSOU, OÙ EN EST TA DEMANDE POUR LE LOGEMENT ?... ÇA AVANCE DEPUIS LA LOI DALO ?

LA LOI DALO ?...

C'EST TROP COMPLIQUÉ, LA FRANCE ! J'AI DEMANDÉ LE LOGEMENT. SI JE N'AI PAS DE RÉPONSE, JE PEUX PORTER PLAINTE !...
... QUAND JE VAIS AU TRIBUNAL À BOBIGNY, ILS SONT PLUS DE 500 À FAIRE LA QUEUE DEPUIS 5 HEURES LE MATIN !! ET QUAND C'EST MON TOUR, LES BUREAUX, ILS SONT FERMÉS !!

NON MAIS... COMMENT ? JE CROIS QU'ON NOUS EMPÊCHE DE FAIRE LES CHOSES CORRECTEMENT, VOILÀ !...
IL ME SEMBLE QUE... NOUS SOMMES TROP NOMBREUX À AVOIR LE MÊME PROBLÈME.
HMM... YOUSSOU, NE TE TRACASSE PAS COMME ÇA... J'AI PEUT-ÊTRE UNE SOLUTION À TON PROBLÈME. MES AMIS... SI VOUS VOULEZ BIEN M'ÉLIRE COMME VOTRE DÉPUTÉ, JE FERAI VOTER UNE NOUVELLE LOI : LA LOI DIALLO !
TOUS LES DIALLO AURONT UN TOIT, TOUT DE SUITE ! ET ILS SONT NOMBREUX !!... ÇA, C'EST LA DÉMOCRATIE !!
HÉ HÉ HÉ... IL EST VRAI QUE VOUS AVEZ BEAUCOUP DE PARENTS, MONSIEUR LE DÉPUTÉ !

CHANTIER INTERDIT AU PUBLIC
PORT DU CASQUE
OBLIGATOIRE

HÉ, CHEF ?!
PAR ICI, CHEF !
?
IL A L'AIR PROFOND, LE SOUS-SOL, CHEF. PEUT-ÊTRE, ÇA SERA UNE GRANDE TOUR...?
CE TROU-LÀ ?... C'EST UN PARKING SUR TROIS NIVEAUX, POUR UN ENSEMBLE DE HLM. MAIS Y A DÉJÀ UNE LISTE D'ATTENTE. JE PEUX RIEN POUR TOI, L'AMI !
ET CETTE GRUE, LÀ... ELLE EST TRÈS GRANDE, ELLE PORTE BEAUCOUP... À L'ÉPOQUE, ELLES ÉTAIENT PAS AUSSI HAUTES. PLUTÔT, C'ÉTAIT À NOUS DE PORTER.
?!

DIS, CHEF ? T'AS BESOIN D'UN COUP DE MAIN ?... JE PEUX ENCORE FAIRE BIEN DES CHOSES ! ET REGARDE, J'AI TOUJOURS MES OUTILS SUR MOI...
T'ES TROP VIEUX, L'AMI ! TU TIENDRAIS PAS UNE HEURE SUR LE CHANTIER ! DÉSOLÉ...
HÉ !... REGARDE ! DERRIÈRE TOI, CHEF !
QU-QUE... ?! ENCORE UN CONTRÔLE ?!! C'EST LA TROISIÈME FOIS QU'ILS VIENNENT, CE MOIS-CI !!

VOS PAPIERS, S'IL VOUS PLAÎT...
BLUES DU NORD

福
MAMIE
!!

...
C'EST PAS L'HEURE D'ALLER À L'ÉCOLE ?
SI !
RESTAURANT VIET THAÏLANDAIS PHÔ CAMBODGIEN LAO
CHINOIS DOUBLE DRAGON VAPEUR CLIM

PAO PAO, EST-CE QUE TU TE RAPPELLES TA MISSION ?...
OUI !! BIEN TRAVAILLER À L'ÉCOLE !!
C'EST ÇA.
TU NOUS REJOINS, MARIE ?
OUI, OUI ! J'ARRIVE !...

VIDEO
2E ÉPISODE
MADAME LY

AVEZ-VOUS CHOISI ?...
OUI !... HI HI ! JE PRENDRAI UN M-75 AVEC UNE PORTION DE K-51, S'IL VOUS PLAÎT.
MENU
ET POUR MOI, ÇA SERA DES "RAVIOULIS" !... PFF ! EUH... NON, PLUTÔT UN B-36 ET UNE TSINGTAO !
... ET DES NEMS AUSSI ?
ET EST-CE QU'ON POURRAIT AVOIR DES FOURCHETTES, S'IL VOUS PLAÎT ?
...
HMM ?...

* CHÃ GIÒ (ka-yau) : VRAI NOM DU PÂTÉ IMPÉRIAL.

CITRON-NELLE ! PIMENTS ROUGES ! GALANGA ! HACHÉS !!
SYM, FAIS REVENIR TOUT ÇA À LA POÊLE !
HMM... TU SENS CE PARFUM...
POITRINE DE PORC SANS (TROP DE) GRAS HACHÉE.
NUOC-MAM
CHAIR DE NOIX DE COCO.
MÉLANGE TOUT ÇA AVEC DU RIZ PARFUMÉ.
FAIS DES BOULETTES BIEN SERRÉES...
BATS DES ŒUFS AVEC UN PEU D'EAU ET DE NUOC-MAM.
TREMPE LES BOULETTES DEDANS ET FAIS CHAUFFER L'HUILE.
TRÈS CHAUDE, L'HUILE !! LES BOULETTES DOIVENT ÊTRE DORÉES !

SYM ! VA CHERCHER LE *NEM CHUA* DANS LE FRIGO !
LE *NEM CHUA* ?... DU PORC À RÔTIR CRU HACHÉ, DE LA COUENNE DE PORC SÉCHÉE ÉMINCÉE, DU SEL ET UN PEU D'AIL...
ON MÉLANGE, ON FAIT DES BOULETTES QUI MACÈRENT 24 HEURES AU FRAIS DANS UNE BOÎTE HERMÉTIQUE.
ON ARROSE LES BOULETTES DE *NEM CHUA* AVEC DU JUS DE CITRON, PUIS ON LES ÉCRASE...
ON ÉCRASE AUSSI LES BOULETTES DE RIZ FRITES ET ON MÉLANGE LE TOUT...
TROP SALÉ ? TROP ACIDE ? UNE CUILLÈRE DE SUCRE. ET ON SAUPOUDRE AVEC DES FEUILLES DE CORIANDRE ET DES PETITS OIGNONS COUPÉS.
POUR LA PRÉSENTATION AUTOUR DU PLATEAU, ON PEUT PRENDRE DE LA MENTHE...
UNE FLEUR DE BANANIER.
DES FEUILLES DE CORIANDRE.
DES FEUILLES DE *LA LOT*.
DE LA SALADE.
... ET SURTOUT DES PIMENTS GRILLÉS (SINON, C'EST PAS LE VRAI NEM !).

...
HMM...
YEAH ! ÇA, C'EST LE VRAI NEM !!

ALORS... COMMENT ÇA VA AU RESTAURANT ?

COMME D'HABITUDE. C'EST PLEIN À MIDI ET ON NE FAIT JAMAIS ASSEZ DE PÂTÉS IMPÉRIAUX. ILS MANGENT ÇA COMME SI C'ÉTAIENT DES BONBONS !
BOPHA... SI LE JEUNE HOMME EN SCOOTER PASSE ENCORE AU RESTAURANT POUR T'EN PROPOSER, N'EN ACHÈTE PAS. D'ACCORD ?
ÇA VA PAS ?! JAMAIS JE N'ACHÈTERAI ÇA ! J'AI PAS ENVIE DE PASSER À LA TÉLÉ !!
CE RESTAURANT... C'EST LA CUISINE DE MA MÈRE. IL FAUT CONTINUER COMME ÇA. QUAND J'IRAI MIEUX, JE REVIENDRAI VOUS AIDER... IL FAUT TENIR BON.
TU SAIS, JE VAIS PRENDRE DES COURS DE FRANÇAIS.
?!
POURQUOI ?!

LE MENU QUE TON COUSIN NOUS A ÉCRIT... IL EST PLEIN DE FAUTES D'ORTHOGRAPHE. ET LES NOMS DES PLATS NE SONT PAS JUSTES.
COMMENT ÇA, "PAS JUSTES" ? ON AVAIT TOUT TRADUIT AVEC LE DICTIONNAIRE !
JUSTEMENT ! QUAND ON TRADUIT MOT À MOT, ÇA MANQUE DE CHALEUR... DE POÉSIE.
CE MENU, SI ON AVAIT SU, À L'ÉPOQUE... C'EST TOI QUI AURAIS DÛ L'ÉCRIRE, QUAND TU ÉTAIS ÉTUDIANTE !

... COMME JE VOUS DISAIS, VOUS AVEZ ÉTÉ CONVOQUÉS...
... POUR PASSER CE TEST D'ÉVALUATION. VOS RÉSULTATS NOUS PERMETTRONT DE VOUS ORIENTER VERS DES COURS ADAPTÉS À VOTRE NIVEAU.
CES COURS VOUS DONNERONT LES BASES POUR VOUS DÉBROUILLER DANS LA VIE DE TOUS LES JOURS.
CERTAINS PARMI VOUS ONT SIGNÉ LE CAI (CONTRAT D'ACCUEIL ET D'INTÉGRATION). ÇA SIGNIFIE QUE VOUS VOUS ENGAGEZ À ÊTRE PRÉSENTS À TOUS LES COURS.
FLINT
QUANT AU TEST, NE VOUS INQUIÉTEZ PAS POUR LA NOTE. CE N'EST PAS COMME SI VOUS PASSIEZ LE BAC !...
DES QUESTIONS ?...

30 ANS...
30 ANS DANS CE PAYS...
ET QU'EST-CE QUE J'AI APPRIS ?...
ALLÔ...
ALLÔ ?...

ALLÔ ?... KHADIJA... C'EST TOI ?
AH ?... EUH...
NON... EXCUSEZ-MOI, MONSI... !
EH BEN... C'ÉTAIT PAS TA SŒUR !
MAMAN !! LE NUMÉRO EST ENREGISTRÉ ! COMMENT TU FAIS POUR TE TROMPER ?!
ET PUIS, C'EST QUOI, CETTE FIXATION SUR LE MARIAGE ?!! LAISSE-LA TRANQUILLE !
BON... J'ESSAYE ENCORE...
♪

JEU DE JAMBES !
!

?
TU-TUT !
ALLÔ ?...
EUH ?... JE VOUS LA PASSE...

...
NOOON ! AHMED !! T'ES TROP NUL COMME GARDIEN !!
ON VA PERDRE À CAUSE DE TOI ! T'ES UNE VRAIE PASSOIRE !!
ÇA VA, LÀ ! MOLLO ! VOUS VOUS CROYEZ EN CHAMPIONS LEAGUE ?!
HÉ, KHADIJA ! Y A QUELQU'UN QUI VEUT TE PARLER !...
HO ! VOUS ME LÂCHEZ, LÀ ?!
KHADIJA ! TÉLÉPHONE !

3e ÉPISODE

KHADIJA

ALLÔ ?... MAMAN ? ÇA VA ?... QUOI ?!
?!... NON ! C'EST JUSTE UN COLL...
CLIC !
C'EST ENCORE TA MÈRE QUI FAIT LE FORCING ?...
...
HÉ ! AHMED, ATTENDS !!
J'AI UNE SUPER-IDÉE !... ON N'A QU'À SE MARIER ! QU'EST-CE QUE T'EN DIS ?!
...
MAIS SI !! ON N'A QU'À FAIRE UN MARIAGE BLANC !
... OU GRIS, SI TU PRÉFÈRES ! ÇA IRA PLUS VITE !!
OUBLIE-MOI, AVEC TES PLANS CHELOUS ! VA PLUTÔT RAMASSER LA BALLE !...

WOUAH !!
ELLE FAIT AU MOINS UN MILLIARD DE CENTIMÈ-TRES !!
ELLE EST PLUS GRANDE QU'À LA TÉLÉ !!

KHADIJA...
OUI ?... QU'EST-CE QU'IL Y A ?
JE VOUDRAIS Y ALLER...
TU VOUDRAIS ALLER OÙ ?...
À LA MAISON.
MOI AUSSI, JE VEUX RENTRER.
POURQUOI VOUS VOULEZ Y ALLER ? VOUS ÊTES PAS BIEN, LÀ ?...
MAIS ON N'A PAS LE DROIT D'ÊTRE ICI !
C'EST INTERDIT POUR NOUS.

MAIS PAS DU TOUT... JE COMPRENDS PAS, LÀ...?
Y A LA POLICE.
POLICE

ISAÏNAYAGI...
... DIS-MOI, POURQUOI TU PENSAIS QU'ON N'AVAIT PAS LE DROIT DE VISITER LA TOUR EIFFEL ?
PARCE QUEUUU...
... C'EST INTERDIT POUR NOUS. C'EST POUR LES FRANÇAIS !
C'EST PAS VRAI !! LES GENS VIENNENT DU MONDE ENTIER POUR LA VOIR ! ET PUIS VOUS ÊTES FRAN...
OK. ALORS, DITES-MOI... C'EST QUOI, POUR VOUS, ÊTRE FRANÇAIS ?

UN FRANÇAIS, IL EST FRANÇAIS !
EUH... C'EST-À-DIRE ?...
IL EST BLANC !
?
MAIS TOI AUSSI, TU AS LA PEAU CLAIRE...?
OUI. MAIS J'AI LES YEUX BRIDÉS !
HA HA HA HA !!
HA HA HA HA !!
HA HA HA HA !!
MOI, JE SAIS ! POUR ÊTRE FRANÇAIS, IL FAUT AVOIR UN PRÉNOM FRANÇAIS !
ET "BASILE", C'EST FRANÇAIS, NON ?
HÉ !! BIEN SÛR QUE JE SUIS FRANÇAIS !

ALORS... LES AUTRES, DES SUGGESTIONS ?... QU'EST-CE QUE ÇA VEUT DIRE, "ÊTRE FRANÇAIS" ?...
LES PARENTS DOIVENT ÊTRE FRANÇAIS !
...AVOIR UN NOM DE FAMILLE FRANÇAIS !
ILS DOIVENT SAVOIR LIRE, ÉCRIRE...
...ET COMPTER EN FRANÇAIS !!
...ET MANGER DU PORC !!
OK, OK, OK !! MERCI, MERCI ! MAINTENANT, LAISSEZ-MOI VOUS POSER UNE QUESTION...
EST-CE QUE VOUS CONNAISSEZ LES "DOM-TOM" ?
MOI, JE SAIS ! MES PARENTS VIENNENT DE LA GUADELOUPE ! C'EST UN DÉPARTEMENT D'OUTRE-MER !
OUI !
MOI AUSSI, JE SAIS !
BIEN, ANNABELLE. ET LA GUADELOUPE, C'EST BIEN LA FRANCE, N'EST-CE PAS ?...
BIEN SÛR QUE C'EST LA FRANCE !

VOUS VOYEZ QU'EN FAIT, LA COULEUR DE PEAU N'EST PAS UNE CONDITION. NI LE PRÉNOM, NI LE NOM DE FAMILLE, NI MÊME LA NATIONALITÉ DES PARENTS.
QUI, PARMI VOUS, EST NÉ ICI, EN FRANCE ?
EH BEN, VOUS SAVEZ QUOI ?... VOUS ÊTES TOUS FRANÇAIS. EN FRANCE, IL Y A UNE LOI QUI S'APPELLE LE DROIT DU SOL...
... QUI DIT QUE QUAND ON EST NÉ EN FRANCE, ON EST FRANÇAIS, MÊME DE PARENTS ÉTRANGERS. MOI, PAR EXEMPLE. MES PARENTS SONT DU MAROC. MAIS MOI, JE SUIS FRANÇAISE, PARCE QUE JE SUIS NÉE ICI, À PARIS, COMME VOUS. ET EST-CE QUE VOUS SAVEZ COMMENT ON APPELLE QUELQU'UN QUI QUITTE SON PAYS POUR VIVRE DANS UN AUTRE PAYS ?...
ALLEZ, FAITES UN PETIT EFFORT... JE VOUS AIDE...
C'EST UN É... UN É... UN ÉMI...
UN ÉTRANGER !
...

POLICE

ÉCOLE MATERNELLE
GROUPE SCOLAIRE

TU M'ÉTONNES QU'ILS FLIPPENT, LES PETITS. Y A DES KEUFS PARTOUT DANS LE QUARTIER. MÊME DEVANT L'ÉCOLE !...
MÊME SOUS LA TOUR EIFFEL, C'EST BLINDÉ !! COMMENT ILS STRESSAIENT... J'EN AVAIS LES LARMES AUX YEUX !...

HA ! ÇA Y EST, LES VOILÀ...
?!
LAETITIA ! C'ÉTAIT UN GROUPE DE DOUZE, NON ?
?!
Y A BIEN DOUZE GAMINS DANS TON GROUPE, C'EST ÇA ?
EUH... OUI ! DOUZE, C'EST ÇA !
PARCE QU'IL M'EN MANQUE DEUX, LÀ...?

?!
T'ES DURE AVEC LA STAGIAIRE !... CELA DIT, C'EST VRAI QU'ELLE EST PEUT-ÊTRE UN PEU TÊTE EN L'AIR !
"TÊTE EN L'AIR" ?! T'ES AMOUREUX D'ELLE OU QUOI ?!!...
... MOI, JE DIRAIS PLUTÔT QU'ELLE EST UN PEU "À LA MASSE" !!

C'EST PAS POUR RIEN QU'ON MET DEUX ANIMATEURS POUR UNE SORTIE ! IL DOIT TOUJOURS Y EN AVOIR UN DEVANT ET L'AUTRE QUI FERME LA MARCHE ! ET TU RECOMPTES TOUJOURS TON GROUPE, VU ?!
OUI !... DÉSOLÉE... ÇA N'ARRIVERA PLUS !...
HÉ ! COOL, KAD ! ELLE DÉBUTE... ÇA ARRIVE DE SE PLANTER...
JUSTEMENT ! ELLE EST LÀ POUR APPRENDRE ! ON EST RESPONSABLES DE CES GOSSES ! S'IL LEUR ARRIVE UN TRUC, C'EST SUR NOUS QUE ÇA TOMBE !! C'EST DU SÉRIEUX, MERDE !
?

♪ LA LUMIÈRE REVIENT DÉJÀ, ET LE FILM EST TERMINÉ...
AIR MAIL

JE RÉVEILLE MON VOISIN... ♪

* "LA DERNIÈRE SÉANCE" - EDDY MITCHELL.

* CAMELOTE.

MENAHEM ? HMM... YORAM ?...
BIEN... HILLEL ?...
HMM ?... HILLEL EST LÀ ?...

COWBOY

4e ÉPISODE

ALORS, RABBI ?... QU'EST-CE QUE VOUS EN PENSEZ ?...
HMM...
INDUBITABLEMENT, TA TANTE A RAISON.

TES PARENTS NE SONT PLUS LÀ. BIEN SÛR, TU AS DES AMIS ICI, ET LA COMMUNAUTÉ AUSSI... MAIS TA SEULE FAMILLE, LA VRAIE, EST EN ISRAËL.
D'UN AUTRE CÔTÉ, LA DÉCISION DE LES REJOINDRE N'APPARTIENT QU'À TOI.
...
NÉANMOINS, RASSURE-TOI, HILLEL. J'AI LE PRESSENTIMENT QUE TU VAS TRAVERSER UNE ÉPREUVE CRUCIALE, QUI T'AIDERA À PRENDRE CETTE DÉCISION !
?

LOVE IS REAL
MAKI
SASHIMI (6pcs.)
MENU SUSHI (au choix)
...
VANESSA ? C'EST QUOI, CE T-SHIRT ? "*LOVE ISRAEL*" !? QU'EST-CE QUE ÇA VEUT DIRE ?...
MAIS NON... "*LOVE IS REAL*", BOSS ! "L'AMOUR EXISTE"... PFF... RIEN À VOIR.
LOVE IS REAL
TU VEUX QUOI ?! UNE INTIFADA DEVANT MON RESTAU, C'EST ÇA ?!!
TU VAS M'ENLEVER ÇA TOUT DE SUITE ! ON FAIT PAS DE POLITIQUE, ICI !!
...

?!
MAIS... QU'EST-CE QUE TU FAIS ?! PAS ICI ! PAS DEVANT LES CLIENTS ?!!
VOUS AVEZ DIT "TOUT DE SUITE", BOSS...
HILLEL ! TU TOMBES BIEN ! TIENS... ÇA, C'EST TES LIVRAISONS. ET FAIS-MOI PLAISIR...
... DÉPOSE VANESSA CHEZ ELLE. QU'ELLE SE CHANGE...
SALUT, HILLEL !
LOVE IS REAL
ALLEZ ! ALLEZ ! DU BALAI, VOUS DEUX !... ELLE VA ME FOUTRE LE FEU À LA BARAQUE, CELLE-LÀ !
OK, OK, BOSS !

HILLEL... ÇA TE DIT DE MONTER BOIRE UN CAFÉ, CHEZ MOI ?... Y A PERSONNE À LA MAISON.
EUH...
JE PEUX PAS, LÀ...
J'AI PLEIN DE LIVRAISONS À FAIRE APRÈS !
TANT PIS.

JE VOUS FAIS LE CODE ?...
EUH... NON, MERCI. JE DOIS JUSTE...
CE N'EST PAS GRAVE, JE COMPRENDS... AUJOURD'HUI, C'EST UN JOUR SPÉCIAL POUR VOUS !
C'EST "CHABATTE" !
?!

LE CODE, C'EST 39-45... C'EST FACILE À RETENIR !
HO... ÇA ME RAPPELLE DE MAUVAIS SOUVENIRS... J'ÉTAIS UNE JEUNE FILLE À L'ÉPOQUE...
AVEC MES PARENTS, NOUS AVIONS FUI L'ESPAGNE... MAIS VOUS ÊTES TROP JEUNE. VOUS N'AVEZ PAS CONNU...
MAIS ?!! QU'EST-CE QUE JE RACONTE, MOI ?! OÙ AI-JE LA TÊTE ?... EXCUSEZ-MOI !...
ON N'EST PAS SAMEDI, MAIS JEUDI, AUJOURD'HUI, MADAME...
COMMENT ? QUE VOULEZ-VOUS DIRE ?...
ON EST JEUDI, MADAME.
...
HO, ÇA VA, HEIN ?! ÇA PEUT ARRIVER À TOUT LE MONDE !
VOUS VERREZ, QUAND VOUS AUREZ MON ÂGE !!
...

** JAPONAIS : SAPEUR HABILLÉ EXCLUSIVEMENT PAR DES CRÉATEURS JAPONAIS.*

TSS... JE T'AI DÉJÀ EXPLIQUÉ. C'EST FABRIQUÉ AVEC DES COMPOSANTS BAS DE GAMME, "MADE IN SLOVAQUIE" ! C'EST DU CONSOMMABLE. C'EST FAIT POUR TOMBER EN PANNE !
HMM... MAIS LÀ N'EST PAS LE PROBLÈME, CHEF.
REGARDE.
"QUAND IL Y EN A UN, ÇA VA. C'EST QUAND IL Y EN A BEAUCOUP QU'IL Y A DES PROBLÈMES."
"À FORCE D'IMMIGRATION INCONTRÔLÉE, LES FRANÇAIS ONT PARFOIS LE SENTIMENT DE NE PLUS ÊTRE CHEZ EUX."
CLIC ! CLIC !
ET C'EST COMME ÇA SUR TOUTES LES CHAÎNES ! SANS ARRÊT ! PARFOIS, ELLE S'ALLUME MÊME TOUTE SEULE, JUSTE POUR ME RÉVEILLER AVEC CES ÂNERIES...
"... JE NE SAIS PAS SI LES NÈGRES ONT TOUJOURS TELLEMENT TRAVAILLÉ, MAIS ENFIN..."
SIMON... TU M'AS VENDU UNE TÉLÉ RACISTE ! ÇA ME FAIT BEAUCOUP DE PEINE.
CLIC !
...
DÉSOLÉ, MAIS MOI, JE PEUX RÉPARER QUE LA BOÎTE. PAS CE QU'ON Y MET DEDANS ! MAIS BON...
JE VAIS VOIR CE QUE JE PEUX FAIRE. CELA DIT, SI J'ÉTAIS TOI, J'ÉVITERAIS LES CHAÎNES LOCALES...

♪
SHALOM, HILLEL !
SHALOM, SIMON !

HMM...
LE NOIR ! INDÉMODABLE !!
?!
ATTENTION, SIMON ! NE ME DÉÇOIS PAS !

* *OBJETS FÉTICHES MAIS ENCOMBRANTS.*

* *BRIT MILAH* : CIRCONCISION.

OUAIS ?... QUAND EST-CE QUE T'ACHÈTES UN PORTABLE ?! ÇA FAIT CHIER, TES RENDEZ-VOUS D'AGENTS SECRETS !
ÉCRASE ET ÉCOUTE !...
TU VAS T'INSTALLER DANS LE 19E ET REPRENDRE LE COIN DE MON GARS AZIZ À CRIMÉE. IL EST TOMBÉ ET SA BANDE PART EN SUCETTE. SANS COMPTER LES GANGS VOISINS QUI VEULENT S'AGRANDIR... ON A BESOIN D'UN BON MANAGER, ET COMME T'AS ÉTÉ BON DANS LE NORD, J'AI PENSÉ À TOI...
HÉ, MAN, TU DÉBLOQUES ! JE SUIS PAS DU QUARTIER, MOI !... JE CONNAIS PERSONNE LÀ-BAS ! ILS VONT ME GRILLER DIRECT !
MAIS NON, COUSIN, JUSTEMENT ! T'ES PAS FICHÉ, T'ES INCOGNITO ! TOUT CE QU'ILS DOIVENT SAVOIR, C'EST QUE TU REMPLACES AZIZ. TU REPRENDS SON COIN EN MAIN. ET QUAND VOUS ÊTES ASSEZ GROS...
... TU T'ATTAQUES AUX AUTRES QUARTIERS. TU DOIS LES CONQUÉRIR... UN PAR UN.
QU'EST-CE QUE TU DÉLIRES ? T'AS PAS LA TÉLÉ OU QUOI ?! TU CROIS QUE CES MECS M'ATTENDENT AVEC DES COLLIERS DE FLEURS ?! C'EST LE 19, MAN ! IL EST EN TROP, LE "É" DANS "CRIMÉE" !
STRESSE PAAAS !... ON A LE MEILLEUR MATOS, TU LE SAIS. ET ON EST MOINS CHER ! APRÈS, TU CONNAIS... TU RECRUTES DES MUSCLES, ET T'ÉLIMINES LA CONCURRENCE. T'ES LE MEILLEUR POUR ÇA, ZEM ! SINON, JE T'Y ENVERRAIS PAS. BON... FAUT QUE JE TE LAISSE, Y A LE MATCH QUI COMMENCE...
CLIC
CRIMÉE ?... 'TAIN, MAIS C'EST TROP LA ZONE !...

L'ÉTOILE
DE DJERBA

5e ÉPISODE
LE MANAGER

HÉ, GROS ?! T'AS PAS UNE CLOPE ?

!
?
?!

T'ES BOUCHÉ OU QUOI ?! JE VEUX UNE GARO !
...

DONC...
JE SUIS ZAÏM, VOTRE NOUVEAU MANAGER.
ON M'A ENVOYÉ POUR REPRENDRE EN MAIN VOTRE AFFAIRE, VU QUE AZIZ EST EN CONGÉ. ALORS, JE SAIS PAS COMMENT IL GÉRAIT ÇA, MAIS...
... VA FALLOIR VOUS BOUGER LES FESSES, LES MECS !

HÉ ! MAIS T'ES QUI, TOI ?! TU TE PRENDS POUR QUI, À VENIR NOUS GAZER SUR NOTRE TERRAIN ?!
ON VA TE DÉFON...
T'ES QUOI ?... UN KAMIKAZE ? TU VEUX TE FAIRE EXPLOSER ?!
T'ES GRAVE, TOI ! C'EST DU SHIT, HMAR* !
* HMAR : ÂNE.
Y EN A POUR UNE BRIQUE, ET C'EST JUSTE POUR RELANCER LA MACHINE. C'EST LE RETOUR DES PROFITS, LES FRÈRES ! ET J'AI BESOIN DE VOUS. ALORS FINI DE ZONER !!
VOUS ALLEZ VOIR, ÇA VA ÊTRE GRAND ! LA DIRECTION A DES PROJETS POUR VOUS. APRÈS AVOIR FIDÉLISÉ LA CLIENTÈLE, ON VA ABSORBER LES AUTR...

HÉ, MAIS... ATTENDS... QU'EST-CE QUI NOUS EMPÊCHE DE TE PÉTER LA GUEULE ET DE PRENDRE TON MATOS ?...
EUX.
...
VISIBLEMENT, VOUS ÊTES VRAIMENT EN GALÈRE DE CERVEAU, ALORS J'ARRIVE AU BON MOMENT !
HÉ ! SOURIEZ, LES MECS !... LES AFFAIRES REPRENNENT !!

?
MONSIEUR ?... ON POURRAIT AVOIR NOTRE BALLON, S'IL VOUS PLAÎT ?...
BIEN SÛR, GRAND ! TIENS...
MERCI, M'SIEUR !

* *BICRAVE* : VENDRE, DEALER.

ALORS, LE MANAGER ?...
...T'AS PRÉVU UNE MUTUELLE POUR WALID ?!...
...PARCE QU'IL EST EN TRAIN DE COMATER À L'HOSTO PAR TA FAUTE !
PERSONNE LUI A DEMANDÉ D'Y ALLER TOUT SEUL. ON N'EST PAS ENCORE ASSEZ SOLIDES POUR S'ÉTENDRE...

N'EMPÊCHE, VOILÀ LE RÉSULTAT ! UN GARS AU TAPIS ET "WANTED" ÉCRIT EN GROS SUR NOS FACES ! AZIZ AURAIT JAMAIS...
BOUBA, ME FAIS PAS CHIER AVEC AZIZ !!
AZIZ, IL A EU LES YEUX PLUS GROS QUE LE VENTRE ! ET IL S'EST SERVI DE VOUS !
SI J'ÉTAIS PAS LÀ, VOUS SERIEZ ENCORE SUR LE BANC DU PARC OU À DÉPOUILLER DES SCOOTERS.
DITES, LES GARS ?...
?
!
VOUS POURRIEZ FAIRE MOINS DE BRUIT...? LES PETITS DORMENT. ET PUIS, IL EST TARD...
TIENS, ELENA. C'EST POUR TOI ET LES PETITS. ÇA DEVRAIT TE FAIRE LA SEMAINE...
MERCI, ZAÏM.

PFF...
SALAM ALEIKOUM, MON FRÈRE.
?
WOW ! QU'EST-CE QUI T'ARRIVE, AZIZ ?... C'EST CHAUD, LE LOOK BEN LADEN !
LÂCHE-MOI ! C'EST POUR PAS QU'ON M'EMMERDE JUSQU'AU PROCÈS.

ALORS ? COMMENT IL VA ?...
WALID ? IL A PRIS CHER. ILS L'ONT BIEN MARAVE, T'AS VU !
C'EST À CAUSE DU MANAGER, AUSSI... WALID, IL L'A PRIS POUR LE PROPHÈTE, IL S'EST CRU INVINCIBLE.
HEIN ?! QU'EST-CE QUE TU ME RACONTES ? C'EST QUOI, CETTE HISTOIRE DE "MANAGER" ?
C'EST LE MEC QUI T'A REMPLACÉ. SON VRAI BLASE, C'EST ZAÏM, MAIS IL VEUT QU'ON L'APPELLE COMME ÇA. IL EST ENVOYÉ PAR LA "DIRECTION". IL EST PAS DU QUARTIER ET ON SAIT PAS GRAND-CHOSE SUR LUI. MAIS IL EST BON, T'SAIS QUOI ! ON FAIT GRAVE DE LA MAILLE...
ALORS, FORCÉMENT, WALID, IL EST ALLÉ SE FAIRE CURIAL-CAMBRAI EN SOLO, À LA TONY MONTANA !...
PUTAIN ! ÇA Y EST ! JE SUIS PLUS LÀ ET C'EST LE BORDEL DANS LE QUARTIER !!
?
GRR...
...

CE MEC... LE "MANAGER", IL FAIT DU CHIFFRE. ET LES GARS COMMENCENT À L'APPRÉCIER. JE SAIS PAS CE QU'IL Y A EU ENTRE TOI ET LES BOSS, MAIS CE ZAÏM, IL EST EN TRAIN DE SE FAIRE UNE RÉPUTATION DANS TON SECTEUR. SI TU VEUX PAS TE FAIRE ZAPPER, FAUT QU'ON LUI RÈGLE SON CAS...
...
HMM... ET ELENA, LES BÉBÉS, ÇA VA ?
OUAIS. ELLE EST TRANQUILLE. ELLE MANQUE DE RIEN, ALORS ELLE FAIT PAS DE VAGUE.
LES BÉBÉS, BAH... ILS GRANDISSENT, QUOI !... MAIS C'EST CHAUD POUR ELENA, TOUTE SEULE, DEUX MINOTS À GÉRER...
DIS-LUI DE PAS STRESSER, JE VAIS REVENIR... ET J'AI AUSSI UN PLAN POUR LE FUMER, TON "MANAGER"...
T'AS TOUJOURS MON PETIT SOUVENIR DE CROATIE ?...
T'INQUIÈTE, MEC. IL EST BIEN AU CHAUD... EN LIEU SÛR.

POLICE
COMMISSARIAT CENTRAL 19e ARRONDISSEMENT

"... INTENSIFIER LA PRÉSENCE DE NOS FORCES DANS LES ZONES SENSIBLES ET ÊTRE INTRANSIGEANT FACE AUX DÉLITS ET INFRACTIONS CONSTATÉS."

OUAIS... C'EST BIENTÔT LES ÉLECTIONS, ALORS FAUT SORTIR LES MUSCLES !
COMMISSAIRE, C'EST INSENSÉ, CETTE ESCALADE ! ON DIT À NOS HOMMES DE FAIRE LES FEUX, LES CEINTURES, LES PORTABLES AU VOLANT !...

... ON NE FAIT QUE REMPLIR LES POCHES DE L'ÉTAT, AU LIEU DE FAIRE LE VRAI BOULOT : ENQUÊTER, DÉMANTELER LES RÉSEAUX !
PARLE POUR TOI ! NOUS, ON EST SUR LE TERRAIN. ON LES LÂCHE PAS, ET ILS LE SAVENT, EN FACE.
QUI ÇA ? LES FUMEURS DE JOINTS, LES PICKPOCKETS, LES PUTES ET LES CLANDESTINS... T'APPELLES ÇA DU GROS GIBIER ?!
HÉ ! TOI, TU T'OCCUPES DE LA CIRCULATION, ET TU ME LAISSES GÉRER LES GROS CLIENTS !
MARIO ! JUSTINE ! ÇA SUFFIT !!
NOS STATS ONT BAISSÉ DEPUIS LE MOIS DERNIER. ON EST SOUS LES QUOTAS !
C'EST NOTRE BUDGET QUI EST EN JEU, LÀ !
C'EST PAS PLUTÔT TON POSTE...?
CETTE POLITIQUE DU CHIFFRE NOUS A FAIT PERDRE TOUTE CRÉDI...
CHEF, Y A QUELQU'UN DE LA PRÉFECTURE QUI VEUT VOUS PARLER...

10€
PURE SOIE !!
DIS-MOI, CHEF... JE CHERCHE UNE BASSINE POUR LAVER MON LINGE...
IL Y EN A AU FOND, À CÔTÉ DE LA VAISSELLE.
VHS HEAD CLEANER
DITES... VOUS ÊTES SÛR ? ÇA VA BIEN NETTOYER MON MAGNÉTOSCOPE ?...
OUI, BIEN SÛR ! C'EST ÉCRIT DESSUS ! "VCR CLEANER" ! ÇA MARCHE, ÇA MARCHE !

SAMBO ? PASSE-MOI TA GOMME !
MERCI, MON GRAND ! IL FAUT S'ACCROCHER DANS TES ÉTUDES, OK ?...
IL EST BIENTÔT L'HEURE D'ALLER CHERCHER PAO PAO À L'ÉCOLE...
L'ÉCOLE, L'ÉCOLE...

... TOUS LES ACCÈS DE SORTIE SONT COUVERTS PAR LES AGENTS EN CIVIL.
LES CRS ET LES AGENTS EN UNIFORME SERONT POSTÉS DANS LES RUES ADJACENTES. QUAND ON VOUS DONNERA LE SIGNAL...
... VOUS VOUS DÉPLOYEZ POUR EMPÊCHER TOUT DÉBORDEMENT. SURVEILLEZ BIEN LA RUE...
... ON A TRÈS PEU DE TEMPS POUR AGIR. VOUS N'INTERVENEZ QU'À MON SIGNAL. ON CRAVATE LE SUSPECT ET ON SE CASSE !
ET UNE DERNIÈRE CHOSE. SURTOUT... SURTOUT... ÉVITEZ LES NUMÉROS !
...

♪
TU RÉPONDS PAS ?...
♪
HMM ?... PFF... C'EST ENCORE LA PROD' QUI ME HARCÈLE POUR QU'ON LUI PONDE UN SUJET "EXCLUSIF" !...
QU'EST-CE QU'ON A, DÉJÀ ?...
EUH... LES HAMIDOVIC DE LA LIGNE 4, LE TRANSSEXUEL AU GHB DU BOIS DE BOULOGNE, ET... DES RUNS SAUVAGES À CONTRESENS SUR LE PÉRIPH' ! QUE DU RÉCHAUFFÉ ET DU DÉJÀ-VU...
TROIS SEMAINES DE PATROUILLE, ET J'AI NIQUÉ DES HEURES DE BANDES ! JUSTE POUR ÇA...
PFF...

CHÔMAGE, PRÉCARITÉ, INSALUBRITÉ, PROMISCUITÉ, IMMIGRATION, COMMUNAUTARISME, DÉLINQUANCE... AVEC TOUS CES "ATOUTS", STATISTIQUEMENT, C'EST IMPOSSIBLE QU'IL NE SE PASSE RIEN DANS CE FOUTU QUARTIER !
!
?
POLICE
HÉ, LES VEDETTES ? VOUS VOULEZ FAIRE LA UNE DU 20 HEURES ?!... BEN, SUIVEZ-NOUS, PARCE QUE LÀ, ON ENVOIE DU LOURD !!
HA... PAS TROP TÔT !

DONER KEBAB
OÇAKLAR
GRILLADES KEFTA
QU'EST-CE QUI T'ARRIVE, BOUBA ? T'AS MARCHÉ SUR TON CHAT ?!
HA HA HA HA HA !!
?
MAIS NOOOON... EUH... J-JE...
J'AI TRAFIQUÉ MON... MON SCOOT', LÀ, T'AS VU... CHANGÉ DES PIÈCES ! ET J'AI TROP GALÉRÉ, T'SAIS QUOI ?
!

6e ÉPISODE

BAZAR

'TAIN ! C'EST...
C'EST LES MECS DE CAMBRAI !!
TÉMA !! DERRIÈRE AUSSI ?!
ILS... ILS ARRIVENT DES DEUX CÔTÉS !!
ON N'EST QUE SIX ! ILS VONT NOUS MARAVE !!
TOUT ÇA À CAUSE DE WALID !!
FALLAIT S'Y ATTENDRE... LES VOISINS QUI RAPPLIQUENT POUR LA FÊTE DE QUARTIER...

MAMIE ! MAMIE ! JE SUIS LÀ !

HMM... DIS, KAD... TU TROUVES PAS ÇA CHELOU ?...
POLIC
... Y A MOINS DE KEUFS DEVANT L'ÉCOLE AUJOURD'HUI... D'HABITUDE, T'AS TOUJOURS AU MOINS UN FOURGON !
JE SAIS PAS... ? ILS ONT PEUT-ÊTRE MIEUX À FAIRE QUE DE SURVEILLER DES GAMINS...

PFF... IL FAUT QUE JE GÈRE ÇA AVANT QUE ÇA DÉGÉNÈRE...
ATTENDS, MANAGER !...
?

LAISSE-MOI FAIRE... JE VAIS LES CALMER DIRECT !
QU'EST-CE QUE TU FAIS, TOI, AVEC TA BÉQUILLE ?...
TU VAS NOUS POSER UN SLAM ?
TIENS ! SLAMME ÇA !!
AÏE ! MAIS ARRÊTE, BÂTARD !!

ÇA SUFFIT COMME ÇA, LASSANA !
JE CROIS QU'À L'AVENIR, IL NE SE MOQUERA PLUS DES HANDICAPÉS !
HÉ, TOI ? TU SERAIS PAS "MABOUL ABDOUL", PAR HASARD ?
"ABDOUL". JUSTE "ABDOUL".
T'AS PAS REÇU LE MESSAGE ? TON PANTIN QUI VEND EN BAS DE MES TOURS, C'ÉTAIT ABUSÉ...
HÉ HÉ... C'EST QUOI, TON PROBLÈME ?... TU TE CROIS DANS UNE SÉRIE TÉLÉ ?
... ALORS ON VA RÉGLER ÇA TOUT DE SUITE. MANO A MANO. COMME DES BONSHOMMES.

ON SE TAPE
À 6 CONTRE 75.
Y A DU SANG,
DES VICTIMES...
LES FLICS BOUCLENT
LE QUARTIER...
ÇA FREINE LE BIZNESS...
ET TOUT ÇA
POURQUOI ?...
POUR DES HISTOIRES
DE TERRITOIRE, DE SHIT,
DE MEUFS... PFF...
ON DIRAIT DES GAMINS !
TU VOIS PAS QUE T'ES ASSIS
SUR UNE MINE D'OR !
NOTRE CLIENTÈLE, ELLE EST
PAS DERRIÈRE LE PÉRIPH' !
C'EST TOUS LES BABTOUS
DE PANAME QUI ACHÈTENT
CHEZ NOUS, ET PAS
LES LASCARS FAUCHÉS
DU 93 !
ALORS, VOS PETITES
GUÉGUERRES DE CITÉS,
ÇA SERT À RIEN.
CE QUI COMPTE VRAIMENT,
MEC, C'EST LE BIFF...
ET À MOINS QUE
L'ÉTAT LÉGALISE
LE HASCH...
... JE VAIS PRENDRE
TOUT LE MARCHÉ
DU SECTEUR !
AVEC UN MATOS
DE MEILLEUR QUALITÉ
ET MOINS CHER.
PAS COMME
TON TEUSHI COUPÉ
AU PNEU
ET AU HENNÉ !
T'ES LOIN, TOI !...
TU DÉBARQUES DE
NULLE PART, ET
TU VEUX M'APPRENDRE
COMMENT GÉRER
MON BIZNESS ?...
?
Q-QU'EST-CE
QUE TU FAIS
?!
J'APPELLE
UNE
AMBULANCE.
S'ILS ARRIVENT
VITE, VOUS AUREZ
PEUT-ÊTRE
UNE CHANCE DE
VOUS EN TIRER...
QUE ?!
SANS
DÉCONNER !
T'ES SÉRIEUX,
LÀ ?
EUH... DIS,
TU CONNAIS
TON GROUPE
SANGUIN ?

UNE CHORBA POUR TOUS
ÉQUIPE ALPHA... À MON SIGNAL...
GO !

MADAME LY ? POLICE NATIONALE...
?
VEUILLEZ NOUS SUIVRE CALMEMENT, MADAME.
AHMED ! ILS SONT LÀ POUR ARRÊTER MADAME LY !!
QUOI ?!
DES FLICS EN CIVIL !! ILS SONT VENUS POUR MADAME LY !! J'Y VAIS ! OCCUPE-TOI DE MARIE !
LÂCHEZ MON BRAS ! QUEST-CE QUE J'AI FAIT ?!
DU CALME ! ON VOUS LE DIRA AU COMMISSARIAT !

HÉ ?! VOUS N'AVEZ PAS LE DROIT ! POURQUOI VOUS L'EMMENEZ ?
?
POLICE !! TU VEUX VENIR AUSSI ?!!
PAUVRE CONNE ! VOIE DE FAIT SUR UN AGENT ! ÇA VA TE COÛTER TRÈS CHER, ÇA ! ON T'EMBARQUE AUSSI !!
MAMIE ! MAMIE !

POURQUOI ILS LES ARRÊTENT ? ELLES N'ONT RIEN FAIT DE MAL...?
LAISSEZ TRAVAILLER LA POLICE, S'IL VOUS PLAÎT !
ÇA VA PAS ? À LA SORTIE DE L'ÉCOLE ?... C'EST UNE HONTE !!
POLICE NATIONALE
C'EST PAS DES CRIMINELLES ! LAISSEZ-LES PARTIR !!
RELÂCHEZ-LES ! RELÂCHEZ-LES !
PO
HO ! QU'EST-CE QU'IL SE PASSE ?! VOUS L'AVEZ EUE ? RÉPONDEZ !!
MAIS T'ATTENDS QUOI, MERDE ?! DÉMARRE !
ET JE FAIS QUOI ? JE LEUR ROULE DESSUS ?!
MADAME LY, NE VOUS INQUIÉTEZ PAS POUR MARIE. AHMED S'OCCUPE D'ELLE. VOUS POUVEZ COMPTER SUR LUI. MADAME LY ?...
MAIS DÉMARRE, BORDEL DE MERDE ! DÉMARRE !

CLIC !
BON...
ILS SONT EN ROUTE. T'AS UN DERNIER MOT À AJOUTER AVANT QU'ON VOUS ACHÈVE ?...
OUAIS.
J'AI BIEN ENVIE DE M'INSTALLER DANS CE QUARTIER. ALORS, J'AI UNE PROPOSITION : JE RACHÈTE TOUS TES POINTS DE VENTE. Y A QUOI... 14 TOURS DANS TA CITÉ ?...
JE TE LES REPRENDS TOUTES. À DEUX BÂTONS LE HALL D'IMMEUBLE, C'EST RAISONNABLE, NON ?
VAS-Y ! QU'EST-CE QU'ILS FOUTENT, LÀ ? C'EST PAS LE MOMENT DE CAUSER !
ON EST VENUS POUR SE TAPER, PAS POUR BOIRE LE THÉ !
Y A PAS MOYEN... FAUT PAS LES LAISSER FUIR, CES CREVARDS !

PFF...
OCAKLAR

UNE BALLE POUR WALID...
... ET UNE BALLE POUR AZIZ...

BANG BANG

7e ÉPISODE

DES COUPS DE FEU !!
SAUVEZ-VOUS !
VENEZ ! SUIVEZ-MOI !!
APPELEZ LA POLICE !
LES ENFANTS, METTEZ-VOUS À L'ABRI !!
?!
QUE ?!

QU'EST-CE QU'IL SE PASSE DEHORS ?
ET CES COUPS DE FEU, ÇA VENAIT D'OÙ ?...

?!

HÉ, TOI ! POURQUOI Y A LA PANIQUE, DEHORS ?!
LÂCHE-MOI, TONTON...

MONSIEUR SIVARJEE ! FERMEZ CETTE PORTE, S'IL VOUS PLAÎT !
KHADIJA ? QU'EST-CE QUE...
FERMEZ CETTE PORTE !!
VITE !

DU CALME, DU CALME, MESDAMES ! POURQUOI VOULEZ-VOUS FERMER CETTE PORTE ? ET COMMENT ON VA SORT...
!
MAIS QU'EST-CE QUE VOUS FAITES, VOUS ?!! POURQUOI VOUS FERMEZ LA PORTE ?!
AU LIEU DE CRIER, REGARDE DEHORS...
?
Publitel
MoneyGram
Café
!!
BON SANG, MAIS QUELQU'UN VA-T-IL ENFIN NOUS EXPLIQUER CE QU'IL SE PASSE ?!!

ILS SONT DÉJÀ LÀ, HEIN ?...
LA POLICE ÉTAIT À LA SORTIE DE L'ÉCOLE POUR M'ARRÊTER. ET ILS AURAIENT RÉUSSI SI KHADIJA N'AVAIT PAS ÉTÉ LÀ.
QU'EST-CE QU'IL FAIT LÀ, LUI ?...
VOUS PLAISANTEZ OU QUOI ?... TOUT UN COMMISSARIAT POUR VOUS TOUTE SEULE ?
VOUS AVEZ DE LA FAMILLE CHEZ AL-QAÏDA ?!
J-JE NE SAIS PAS POURQUOI...? JE N'AI RIEN FAIT DE MAL. MAIS ON A PU S'ENFUIR GRÂCE AUX COUPS DE FEU...
QUOI ?...
OUAIS, BIEN SÛR ! TOUT DE SUITE, QUAND C'EST LE BORDEL, C'EST UN PAUVRE GARS ISSU DE LA DIVERSITÉ QU'ON MONTRE DU DOIGT !
♪
♪

?
♪
...
...
V-VOUS ATTENDEZ QUOI ? DÉCROCHEZ !
S'IL RÉPOND...
ILS VONT M'ARRÊTER...
LAISSE SONNER, TONTON... C'EST UNE RUSE.
MOI, J'ÉTAIS EN GARDE À VUE HIER SOIR. ILS NE DONNENT MÊME PAS UN BOUT DE PAIN...
MAIS JE M'EN FOUS, MOI ! C'EST PAS MON PROBLÈME !!
JE SUIS JUSTE VENU ICI POUR RÉPARER MON MAGNÉTOSCOPE !!

* ESI : ÉTRANGER EN SITUATION IRRÉGULIÈRE.

MERDE... LAISSEZ-MOI SORTIR D'ICI... J'AI RIEN À VOIR LÀ-DEDANS !
STRESSE PAS, MEC... ON EST TOUS DANS LA MÊME GALÈRE, LÀ... FAUT JUSTE GAMBERGER UN MOYEN DE SE BARRER...
T'ES MALIN, TOI. ET TU COMPTES PASSER PAR OÙ ?
LA GRILLE ?!
?!
SUIVEZ-MOI. JE CONNAIS UN MOYEN DE SORTIR D'ICI...

GNN !
SÉRIEUX...

IL Y A 20 ANS, CE MAGASIN ÉTAIT UN RESTAURANT. ET COMME LES LIVRAISONS SE FAISAIENT PAR LE PARKING DE L'IMMEUBLE, IL Y A ENCORE LE CONDUIT DU MONTE-CHARGE. ON DEVRAIT POUVOIR PASSER PAR ICI...
BEN V'LÀ AUTRE CHOSE !... IL ME RACCROCHE AU NEZ, ET MAINTENANT, IL FERME LES STORES !
AUX PERSONNES PRÉSENTES DANS LE MAGASIN... JE SUIS LE COMMISSAIRE DERVIL. VOUS POUVEZ SORTIR SANS CRAINTE...
...IL NE VOUS SERA FAIT AUCUN MAL. NOUS SOMMES LÀ POUR VOUS AIDER.
QUAND ILS PROPOSENT DE L'AIDE, ÇA VEUT DIRE QU'IL FAUT Y ALLER.
ATTENDEZ !

TOUS CEUX QUI ONT UN PORTABLE, LAISSEZ-LE ICI !
IL EST HORS DE QUESTION QUE J'AILLE DANS CE TROU !
MAIS TAIS-TOI...
!

LE QUARTIER A ÉTÉ BOUCLÉ ET PLACÉ SOUS HAUTE SURVEILLANCE. LES RUES LES PLUS PROCHES DE L'INCIDENT SONT INTERDITES AU STATIONNEMENT ET À LA CIRCULATION...
... DES CARS DE CRS ET DES GENDARMES MOBILES BLOQUENT LES VOIES ENTRE LES STATIONS DE MÉTRO CRIMÉE ET RIQUET. UN BREF RAPPEL DES FAITS...
... L'INTERPELLATION D'UN ÉTRANGER EN SITUATION IRRÉGULIÈRE DEVANT UNE ÉCOLE MATERNELLE A TOURNÉ À LA PANIQUE GÉNÉRALE, SUITE À DEUX COUPS DE FEU TIRÉS À PROXIMITÉ, MAIS D'ORIGINE ENCORE INDÉTERMINÉE...
NON AUX EXPULSIONS
LIBÉREZ-LES ! LIBÉREZ-LES !
ÉGUL
TOUT DE
LICE
SOLIDARITÉ AVEC LES SANS-PAPIERS !
SELON LA POLICE, DES SUSPECTS SE SERAIENT RÉFUGIÉS DANS LE MAGASIN QUE VOUS VOYEZ DERRIÈRE MOI. TOUTEFOIS, AUCUN CONTACT N'A PU ÊTRE ÉTABLI POUR L'INSTANT...
DE PLUS, L'HYPOTHÈSE DE LA PRISE D'OTAGES ANTISÉMITE ÉVOQUÉE PLUS TÔT A ÉTÉ ÉCARTÉE PAR LA POLICE.
FANTASY BAZAR
POLICE

HÉ, TONTON ? TU SAIS OÙ ON VA, LÀ ?!
NON. C'EST LA PREMIÈRE FOIS QUE JE VIENS DANS CE PARKING...
MAIS... VOUS TROUVEZ PAS ÇA FLIPPANT, QUAND MÊME...
UN PARKING SANS VOITURES...?
MOI, JE SAIS OÙ ON EST. VENEZ AVEC MOI, JE VOUS MONTRE...
?
?

COMMENT ÇA ?... VOUS CONNAISSEZ CET ENDROIT ?
BIEN SÛR. JE LE CONNAIS MÊME TRÈS BIEN...
... PARCE QUE JE L'AI CONSTRUIT.
HO ! SÉRIEUX, HADJ ? T'ES ARCHITECTE ?!
JOUETS SOUVENIRS
FANTASY BAZAR
VAISSELLE BAGAGERIE HI FI
JACQUES, FAUT TE DÉCIDER. IL VA FAIRE NUIT ET Y'A DE PLUS EN PLUS DE MONDE. ET ILS ONT PLUTÔT L'AIR D'ÊTRE DU CÔTÉ DES FUGITIFS...

SI TU VEUX MON AVIS, ON EST LE CUL SUR UNE POUDRIÈRE...
TOUT VA MIEUX
8E ÉPISODE
6

QUE PENSEZ-VOUS DE LA SITUATION ACTUELLE ? POURQUOI LES FUGITIFS NE SE MANIFESTENT-ILS PAS ?...
Tout va Mieux
BRASSERIE RESTAURANT
MOI, JE DIS : JE SERAIS EUX, JE FERAIS PAREIL ! JE RESTE PLANQUÉ. JE FAIS LE MORT LE TEMPS QUE ÇA SE TASSE. T'OIS CE QUE JE VEUX DIRE ?...
FRANCHEMENT, C'EST TROP ABUSÉ, ÇA SE FAIT PAS ! ILS VIENNENT EN FORCE, AVEC LES CHEVAUX, ET TOUT ! GENRE ON EST AU MOYEN ÂGE OU QUOI ?
ET COMME PAR HASARD, C'EST ENCORE DES IMMIGRÉS QUI TRINQUENT. BON... FAUT TE BARRER, LÀ. TU FAIS FLIPPER MES CLIENTS AVEC TA CAMÉRA !
SKÉNAN ?
SUBUTEX, MOSCOTIN ?...
SELON VOUS, LES IMMIGRÉS SERAIENT HARCELÉS PAR LES FORCES DE L'ORDRE ?...
C'EST QUOI, C'TE QUESTION ? TU SAIS QUOI ? TU PRENDS TA CAMÉRA, ET TU LA POINTES LÀ-BAS...
T'OIS CE QUE JE VEUX DIRE ?...

C'EST PAS VRAI...
ALLÔ ?... OUI, MONSIEUR LE MINIS... M-MAIS JE VOUS ASSURE QUE NOUS FAISONS LE MAXIMUM !...
M-MONSIEUR, C'EST UN MALHEUREUX CONCOURS DE CIRCONSTANCES. NOUS FAISONS TOUT NOTRE POSSIBLE...
VOUS FOUTEZ PAS DE MOI ! 60 AGENTS POUR CUEILLIR UNE GRAND-MÈRE, ET ON SE RETROUVE AVEC DES COUPS DE FEU, UNE ÉMEUTE ET UNE PRISE D'OTAGES ?!! ET LA PRESSE ET LES ASSOCIATIONS QUI ME HARCÈLENT !!
EH BIEN FAITES-EN PLUS ! ET PLUS VITE ! OU JE TROUVERAI QUELQU'UN D'AUTRE POUR LE FAIRE !!
BON DIEU DE BORDEL !! MAIS QUI A PARLÉ DE PRISE D'OTAGES ?!

ÇA VIENT DE LA TÉLÉ. ILS ONT INVENTÉ ÇA QUAND LE JUIF ORTHODOXE A LEVÉ LA TÊTE DANS LE MAGASIN. MAIS SANS ARME NI DEMANDE, ON NE PEUT PAS VRAIMENT PARLER DE PRISE D'OTAGES...
ET LE DEALER QU'ON A VU SUR LA CAMÉRA ?... JE CROYAIS QU'UN TÉMOIN L'AVAIT IDENTIFIÉ COMME ÉTANT LE TIREUR ?
SI C'ÉTAIT LE CAS, VOUS SERIEZ EN TRAIN DE NÉGOCIER AVEC LUI... JE CROIS PLUTÔT QU'ILS SE CACHENT.
MAIS POURQUOI ?!
METTEZ-VOUS À LEUR PLACE : 60 AGENTS POUR UNE VIEILLE DAME DEVANT UNE MATERNELLE, ÇA IMPRESSIONNE ! À MON AVIS, SOIT ILS ONT PEUR ET ILS SONT DÉSORIENTÉS, SOIT L'UN D'EUX LES EMPÊCHE DE NOUS CONTACTER. DANS TOUS LES CAS, ILS SONT COINCÉS. D'APRÈS LES PLANS, IL N'Y A QU'UN SEUL ACCÈS, L'ENTRÉE. ET PAS DE PORTE DE SERVICE.
IL FAUT ABSOLUMENT TENTER DE LES JOINDRE ET DE LES FAIRE SORTIR SANS HEURT. IL FAUT CALMER LE JEU TANT QU'ON LE PEUT ENCORE. CE SONT DES CIVILS, PAS DES TERRORISTES !
C'EST TROP TARD.
REGARDEZ DEHORS. LA FOULE A PRIS FAIT ET CAUSE POUR LES FUGITIFS, ET DES GROUPUSCULES POLITISÉS EN PROFITENT. IL FAUT AGIR VITE. SINON, ON PERD LA FACE.

EXPULSIONS STOP
POLICE PARTOUT JUSTICE NULLE PART
LIBÉREZ-LES
SOLIDARITÉ ! AVEC LES SANS-PAPIERS !!
NON ! NON ! NON ! AUX EXPULSIONS !!
CAFÉ
GRILL
HMM... LACRYMOS ET FLASH-BALLS. NE BLESSEZ PERSONNE. EN AUCUN CAS.
ALLEZ-Y.

CHEF ? RIEN À SIGNALER. IL N'Y A PERSONNE DANS LA BOUTIQUE.
ON A TROUVÉ DES PORTABLES DANS LA POUBELLE. LES CARTES SIM CORRESPONDENT À CERTAINS DES FUGITIFS.
ET... CHEF, IL Y A AUTRE CHOSE...
ATTENDS, ATTENDS... LAISSE-MOI DEVINER... UN PASSAGE SECRET ?...

ON EST ENCORE COINCÉS !!
CLASSIQUE. ILS ONT MURÉ LES PREMIERS ÉTAGES POUR EMPÊCHER LES SQUATTEURS D'ENTRER .
SEULEMENT LES TROIS PREMIERS ÉTAGES. IL FAUT MONTER. ON AVISERA LÀ-HAUT.
TROIS ÉTAGES ?! ET ALORS, COMMENT ON REDES-CEND ?!
EN TOBOGGAN !!

"LA POLICE A FINALEMENT DONNÉ L'ASSAUT DANS LE MAGASIN OÙ S'ÉTAIENT RÉFUGIÉS LES FUGITIFS. MAIS À LEUR GRANDE SURPRISE, LES AGENTS N'Y ONT TROUVÉ PERSONNE... "
" ... LES FUGITIFS SONT ACTIVEMENT RECHERCHÉS DANS CE QUARTIER AGITÉ, OÙ LA FOULE GROSSIT D'HEURE EN HEURE AUTOUR DU MAGASIN, POUR APPORTER SON SOUTIEN..."
RHAA !! ON S'EN FOUT !!
♪ WE BEEN BROKEN DOWN THE LOWEST TURN...

* THE ONLY WAY IS UP - *YAZZ*

THE
ONLY
WAY IS UP
9E ÉPISODE

T'ES QUI, TOI ?
HEIN ?!
MOI, JE SUIS DOUMÉ ! MAIS... JE VOUS AI DÉJÀ VUS, NON ?
CLIC !
"... TOUJOURS AUCUNE TRACE DES FUGITIFS DEPUIS L'ASSAUT DE LA POLICE. VOICI LEUR SIGNALEMENT TRANSMIS PAR..."
FLASH: FUGITIFS DISPAR
?!
WAOUH !! ÇA, C'EST DE LA TÉLÉ-RÉALITÉ !!

STAR
ATTENTION, SIMON... SI ELLE NE MARCHE PAS, J'EN CHOISIS UNE AUTRE...
CELLE QUE TU VOUDRAS, JEAN-MÉDARD ! MAIS TU NE SERAS PAS DÉÇU. REGARDE...
"... CLAIREMENT IDENTIFIÉ SUR NOS IMAGES EST UN RESSORTISSANT DE LA COMMUNAUTÉ LOUBAVITCH DU QUARTIER, DES JUIFS ORTHODOXES..."
HILLEL ?
TU PEUX LA GARDER, SIMON. JE VAIS PRENDRE UN FOUR À MICRO-ONDES À LA PLACE...
"... LES DIFFÉRENTES AMBASSADES MANIFESTENT LEUR ÉMOI FACE À CET ÉVÉNEMENT QUI..."
HMM... GRAND CHEF, DANS QUELLE PAGAILLE T'ES-TU ENCORE FOURRÉ ?

"... AUCUN SIGNE DU GROUPE EN FUITE. DES HEURTS ONT EU LIEU AUX ABORDS DU..."
HILLEL...
雙龍
"... NOUS AVONS PU ENTRER EN CONTACT AVEC UN PROCHE DE LA CAMBODGIENNE EN SITUATION IRRÉGULIÈRE..."
...

ILS SAVENT QUI NOUS SOMMES...
C'EST QU'UNE QUESTION DE TEMPS AVANT QU'ILS NE NOUS...
COOOOL, LES AMIS...
IL A PAS TORT, LE CLODO. C'EST COMME UN JEU TÉLÉVISÉ, CE QU'ON FAIT... GENRE *KOH-LANTA*. SI Y A MOYEN DE SE FAIRE UN PETIT BILLET EN...
?
HÉ ! YOKO ? T'AS PAS UNE CLOPE ?...
HÉ ! HADJ, T'AS UN PROBLÈME AVEC TES CHAUSSURES, TOI !!
T'ÉTAIS PAS JOURNALISTE EN IRAK, DES FOIS ?!
LAISSE-LA TRANQUILLE. C'ÉTAIT SON MARI, À LA TÉLÉ.

IL EST MAL, TON BONHOMME ?
IL A LE CANCER... LE DOCTEUR DIT QU'ON PEUT PAS GUÉRIR.
POUR MON MARI... C'EST FINI, LA VIE.
MADAME LY ? VOUS PERMETTEZ QUE JE JETTE UN ŒIL À VOTRE CARTE DE SÉJOUR ?
TIENS.
ÇA FAIT 9 MOIS QU'ELLE EST PLUS VALABLE. C'EST POUR ÇA QUE LES FLICS ÉTAIENT LÀ. SÛREMENT UN TUYAU DE LA PRÉFECTURE...
TOUT ÇA POUR ÇA...
30 ANS QUE JE TRAVAILLE ICI ! ET ILS M'ENVOIENT UNE ARMÉE POUR UN BOUT DE PAPIER ! MOI, UNE GRAND-MÈRE !! LES LÂCHES ! QU'EST-CE QU'IL FAUT FAIRE POUR ÊTRE RESPECTÉE ICI ? QUAND EST-CE QU'ON EST FRANÇAIS DANS CE PAYS ?

MADAME... REGARDEZ AUTOUR DE VOUS. VOUS VOYEZ DES FRANÇAIS ? MOI, JE VOIS QUE DES ÉTRANGERS. ET UN CLODO.
À LEURS YEUX, ON SERA JAMAIS QUE DES INTRUS, DES PARASITES.
C'EST FAUX ! ON EST TOUS DES CITOYENS. ON VIT ICI, ON EST FRANÇAIS ! C'EST PAS QU'UNE QUESTION DE NATIONALITÉ ! ON PARTICIPE TOUS À CETTE SOCIÉTÉ.
ENFIN... PRESQUE TOUS...
MAIS ATTERRIS, CHANTAL ! LUI, L'ANCIEN... IL EST LÀ DEPUIS PLUS LONGTEMPS QUE NOUS TOUS. ET TU CROIS QU'ON LE VOIT COMME UN BON FRANÇAIS ?
?
LE PRENDS PAS MAL, HADJ. MAIS POUR LES BLANCS, TU SERAS TOUJOURS UN PAUVRE NOIR ILLETTRÉ QUI CHERCHE DU TRAVAIL.
TU ES AUSSI FIELLEUX QUE MA PREMIÈRE FEMME.
ET NOUS ? DES BOUGNOULES, DES YOUPINS, DES TONGS...

* *HARAM : LE PÉCHÉ.*

ALORS... VOUS SAVEZ COMMENT SORTIR D'ICI ?
BIEN SÛR ! JE SORS TOUS LES JOURS POUR FAIRE LES COURSES !
MAIS ATTENDONS QUE ÇA SE CALME. ON FERA ÇA PLUS TARD...
?
TE FATIGUE PAS, MEC, ON EST GRILLÉS ! T'AS VU LES INFOS ? ILS ONT DÛ TROUVER LE PASSAGE DANS LE MAGASIN. SI ÇA SE TROUVE, ILS SONT DÉJÀ À NOS TROUSSES...
ON VA ALLER AU TROU, ET ILS ÉTOUFFERONT L'AFFAIRE. MAIS PEUT-ÊTRE QU'ON N'Y PASSERA PAS TOUS...
!

TOI, LE COWBOY, TU PEUX PLAIDER LA DÉMENCE. T'AS LE PROFIL.
MAIS TOI, MA SŒUR, T'AS COGNÉ UN KEUF ! ILS VONT PAS TE RATER...
MADAME LY ET HADJ, VOUS POUVEZ FAIRE VOS VALISES ! VOUS RENTREZ AU BLED !
ON N'EST PEUT-ÊTRE PAS OBLIGÉS D'EN ARRIVER LÀ...
IL Y A SÛREMENT UN MOYEN DE S'ARRANGER...

BON. TOUT CE CIRQUE A ASSEZ DURÉ ! IL N'Y EN A QUE DEUX PARMI VOUS QUI NOUS INTÉRESSENT. ALORS...
... ON EMMÈNE LA VIEILLE CHINOISE ET LE DEALER...
... ET LES AUTRES, VOUS POUVEZ PARTIR.

ESPÈCE DE SALAUDS !!
NE CROYEZ PAS QU'ILS VOUS FONT UNE FLEUR. DÈS QUE VOUS SEREZ DEHORS, ILS SERONT LÀ POUR VOUS SERRER...
TSS !
FLICS OU VOYOUS ?...
QU'EST-CE QUE TU RACONTES ? ON A ORDRE DE TOUS LES ARRÊTER !!
JE SAIS CE QUE JE FAIS ! CE SONT LES ORDRES, CRÉTIN ! ÇA VIENT MÊME DE TOUT EN HAUT !
LE GOUVERNEMENT NE VEUT PAS EN FAIRE DES MARTYRS. ALORS ON DOIT ARRÊTER QUE CES DEUX-LÀ ! LES AUTRES, ON S'EN FOUT !!
?!

FRED ?! FREDDY !!
BADAAAASS, LE TONTON...

JE SUIS ARRIVÉE DANS LE QUARTIER SEULE, SANS TRAVAIL, AVEC MES DEUX ENFANTS. ON SE CROISAIT DANS LA RUE, ET IL A COMMENCÉ À ME DRAGUER. AU DÉBUT, IL ÉTAIT DRÔLE, GENTIL. ON FUMAIT, ON S'AMUSAIT BIEN ...
UN JOUR, IL M'A DEMANDÉ DE GARDER UN SAC CHEZ MOI. J'AI ACCEPTÉ. APRÈS, IL EN A APPORTÉ D'AUTRES. DE PLUS EN PLUS GROS. MAIS IL ME DONNAIT DE L'ARGENT, ALORS... PUIS, QUELQU'UN D'AUTRE EST VENU À SA PLACE.
AVANT QUE JE COMPRENNE, ILS S'ÉTAIENT INSTALLÉS CHEZ MOI. ILS ONT RAJOUTÉ DES VERROUS À MA PORTE, ET ILS VENAIENT QUAND ILS VOULAIENT. ILS MANGEAIENT, BUVAIENT, RIAIENT... J'AVAIS TELLEMENT BESOIN DE L'ARGENT...
ET PUIS IL A ÉTÉ ARRÊTÉ...
MÊME EN PRISON, IL CONTINUAIT À ME DÉPANNER... MAIS QUAND J'AI VU ÇA... SOUS MON ÉVIER... JE L'AI CACHÉ AILLEURS, HORS DE LA PORTÉE DES ENFANTS. QUAND SON AMI EST VENU LE CHERCHER, J'AI FAIT CELLE QUI NE SAVAIT PAS. ET LÀ, IL EST DEVENU FOU. COMPLÈTEMENT FOU ! ON S'EST BATTUS, ET IL EST REPARTI AVEC...
LE REVOLVER ?... VOUS ÊTES FORMELLE ? C'EST BIEN LUI QUI ÉTAIT EN POSSESSION DE L'ARME ?
OUI. C'EST LUI... J'EN SUIS SÛRE. COMMENT POURRAIS-JE OUBLIER CELUI QUI M'A FAIT ÇA...

SOYEZ TRANQUILLE. VOUS ÊTES EN SÉCURITÉ ICI. ON VA VOUS APPORTER UN CAFÉ...
DONC... REPRENONS DEPUIS LE DÉBUT...
À QUI APPARTIENT CETTE ARME, D'APRÈS TOI ?...

COMMENT ÇA SE FAIT QU'ON LES A PAS ENTENDUS MONTER...?
C'EST LEUR MÉTIER D'ÊTRE DISCRETS. C'EST DES AGENTS DU RAID, UN GENRE DE NINJAS FRANÇAIS...
MONSIEUR SIVARJEE, COMMENT AVEZ-VOUS FAIT ?
ÇA... ÇA FAIT LONGTEMPS QUE JE N'AVAIS PAS FAIT ÇA...
DEPUIS LE SRI LANKA ?
SRI LANKA ?

* *POGROM DU JUILLET NOIR, EN 1983.*

LA TOUR DU MAROC
10E ÉPISODE
MERCI À JOHN PAUL LEON,
CHALLENGERS OF THE UNKNOWN, VOL.3 #1 - DC COMICS (UNE PERLE...)

ILS SONT PASSÉS PAR L'ASCENSEUR ! MONTEZ ! MONTEZ !!
MONTEZ, LES AMIS, JE VOUS COUVRE !!
ALORS, MES POULETS ? ON S'INVITE SANS FRAPPER ?... PAS DE SOUCI...

DOUMÉ VOUS PAYE UN COUP !!
MORT AUX VACHES !!

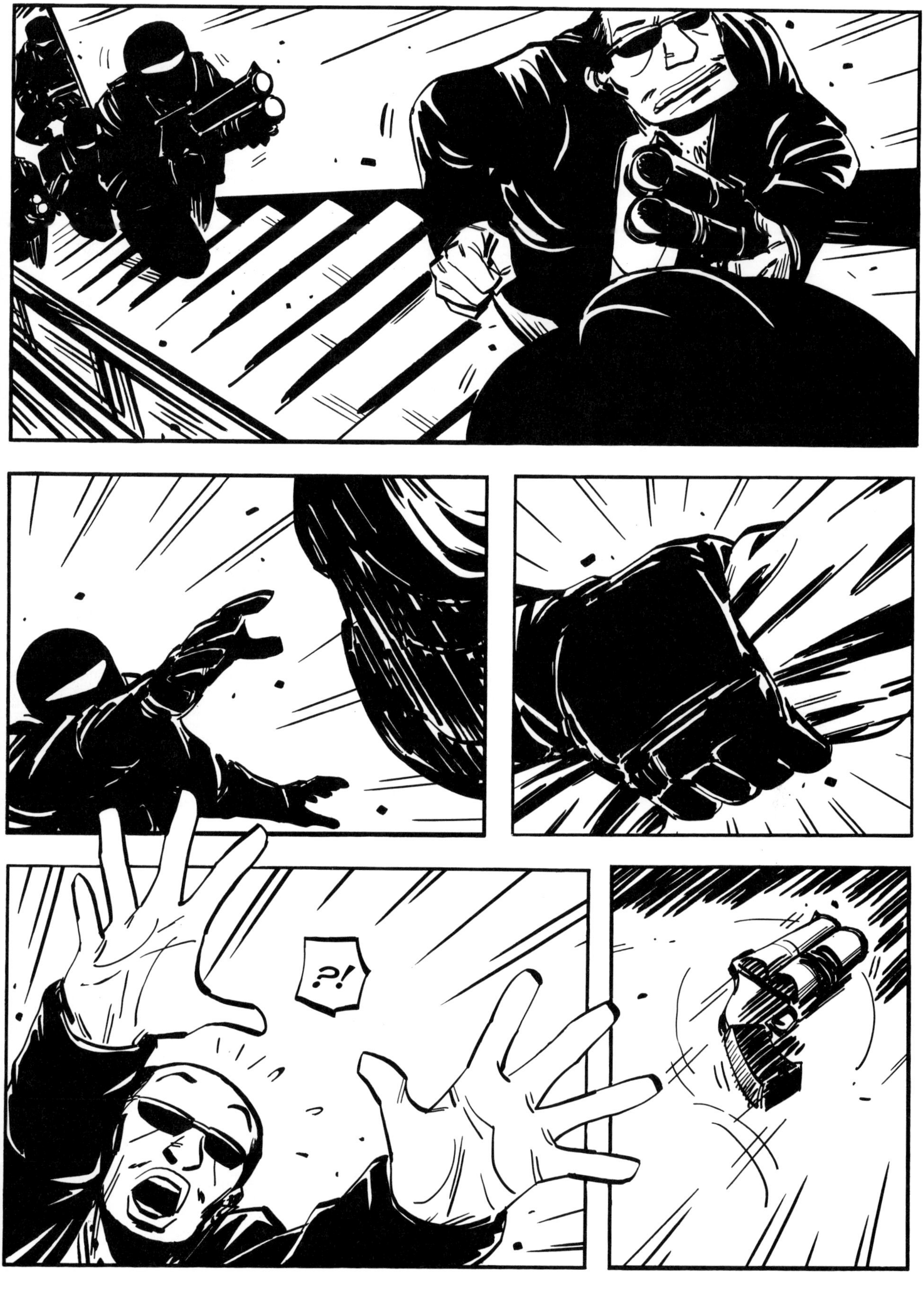

VAS-Y, COW-BOY ! TIRE !!
PUTAIN, MAIS TIRE !!
T'AS UN FLASH-BALL, ET ILS ONT DES GILETS ! ÇA LES TUERA PAS !

HÉ HÉ HÉ !
DEBOUT ! LEVEZ-VOUS, BANDE D'INCAPABLES !!
ATTRAPEZ-LES, BORDEL !!

REGARDEZ, IL Y A LE FEU À LA TOUR DU MAROC !!
LES FLICS Y VONT AUSSI !!
ILS DOIVENT ÊTRE LÀ-HAUT !!
ALLONS-Y ! IL FAUT LES AIDER ! TOUS À LA TOUR !!
VITE ! TOUS À LA TOUR !!
CHEF ! IL N'A PAS D'ARME ! CE N'EST PAS LUI QUI A TIRÉ !!
C'EST TROP TARD, JUSTINE. MARIO ET SON ÉQUIPE SONT À LEUR POURSUITE. ET IL EST INJOIGNABLE...
OH NON...

WAOUH ! C'EST PARIS !
C'EST DINGUE ! ON VOIT TOUT D'ICI !
HÉ ! REGARDEZ EN BAS !!

ON BOSSE ICI ! ON VIT ICI ! ON RESTE ICI !!
LAISSEZ-LES PARTIR !!

REGARDEZ, ILS SONT LÀ-HAUT !
VENEZ ! DESCENDEZ, ON VOUS ATTEND !!
ON EST AVEC VOUS !!
LAISSEZ-LES SORTIR!

* SLOGAN SCANDÉ PAR LE MOUVEMENT DES SANS-PAPIERS.

JE SUIS DÉSOLÉE, MADAME LY...
CE N'EST RIEN, KHADIJA. CROIS-MOI, ILS NE ME FONT PAS PEUR.
...
JE VAIS ME RENDRE. C'EST MOI QU'ILS VEULENT, POUR L'ARME. JE PEUX PEUT-ÊTRE NÉGOCIER...
ATTENDS...
?
NOUS SOMMES MONTÉS ICI ENSEMBLE. NOUS REDESCENDRONS ENSEMBLE.

QU'EST-CE QU'ILS FONT, LÀ ? ILS VEULENT SAUTER ?!
JE SAIS PAS, CHEF...? ON DIRAIT QU'ILS... SE DONNENT LA MAIN !
ÇA SUFFIT, LES CONNERIES ! LEVEZ LES MAINS EN L'AIR !!
VOUS AVEZ ENTENDU ?! MAINS EN L'AIR !!

ON EST EN DIRECT ! SI TU LES RATES, T'ES VIRÉ !!
T'INQUIÈTE, PRINCESSE... C'EST DANS LA BOÎTE !

FIN

CÔTÉ AUTEUR

CHEZ VIRAVONG

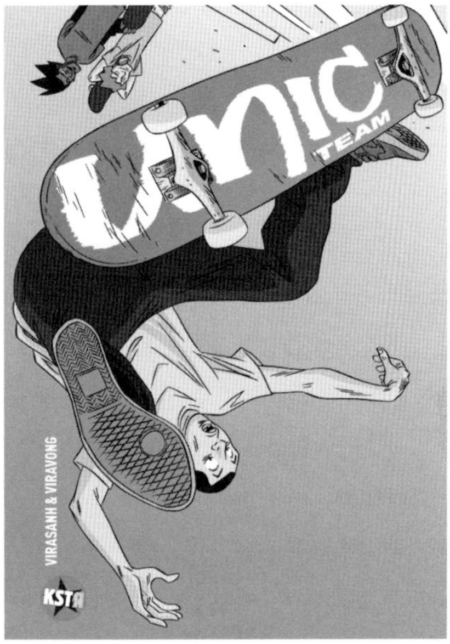

ENCORE ?

BLOODY SEPTEMBER
BLACK JAKE
MISSING
IN THE NAME OF...
WILL ARGUNAS

ANGLE MORT
FONTENAU & BALEZ

SHEYTAN
BLUES DU NORD
VIRAVONG

FACE CONTRE CIEL
OZANAM & BANDINI

REGARDS CROISÉS
ARIS & CADÈNE

HOLLYWOOD JAN
VIVÈS & SANLAVILLE

ELLE(S)
LE GOÛT DU CHLORE
Essentiel révélation Angoulême 2009
DANS MES YEUX
AMITIÉ ÉTROITE
POLINA
BASTIEN VIVÈS

SEXTAPE
ROSALINDE
THOMAS CADÈNE

LA CLÉ BLEUE
YVON & NÉVIL

VILEBREQUIN
LE GOUËFFLEC & OBION
Prix Jeunesse France Télévisions 2008
Grand Prix de la Ville de Lyon 2009

LA RAGE AU POING
CRIPPA & PONTICELLI

LES ALLUMEUSES
MAINGOVAL & CHA

KING DAVID
PILLS
OZANAM & SINGELIN

LA CELLULE
COSTES & LONG

L'AMOURIR
LE CHANT DES SABRES
OZANAM & TENTACLE EYE

LITTLE ODYSSÉE
FRED BERNARD

BAAL
LUDOVIC LAMBOUR

ESTHÉTIQUE & FILATURES
MANDEL & TANXXX
Prix Artémisia 2009

MES AFFINITÉS SÉLECTIVES
SAULNE, GILLET & RÉZO

ESPÉRANTO
OTTO GABOS

MANIOKA 1 & 2
NKODEM

PIGEONS VERTS
JAVI & XAVI

COLÈRES
MERCIER & FILIPPI

ROCHER ROUGE 1 & 2
BORG & SANLAVILLE

DAPHNÉE ET IRIS
RANOUIL, GRISSEAUX & CHAPRON

LAST BULLETS
OZANAM & LELIS

DOROTHY BAND 1, 2 & 3
HONG JAC-GA

INSTINCT SAUVAGE
FRÉHEL & ALESSANDRA

UNIC TEAM
VIRAVONG & VIRASANH

ON THE ROAD
CLAVERY & DROUIN

TROIS FOIS RIEN
FEJARD & JURDIC

LE ROI BANAL
MOI EN MIEUX
OZANAM & KYUNG-EUN PARK

HAMLET 1977
RAVARD & VAUGHN

LUTTE MAJEURE
CÉKA & BORRIS

SECONDE CHANCE
OZANAM & RENART

BABYDOLL DIARY
CAHIERS 1 & 2
JULIE KA & SCHERDING

DE BRIQUES ET DE SANG
HAUTIÈRE & FRANÇOIS

PASSAGES SECRETS
BORIAU & GOUM

LES ÂMES SÈCHES
T1 OZANAM & PAGLIARO
T2 OZANAM & WILLUMSEN
T3 OZANAM & BANDINI

ÇA NE COÛTE RIEN
SAULNE

BLOOD CIRCUS
CLAVERY & DROUIN

FORTUNES
FÉJARD & PUNTOUS

VERTIGE
MANDEL & GEORGES

LE FLÉAU VERT
SANLAVILLE

SIDI BOUZID KIDS
BORG & TALAMBA

EN SILENCE
AUDREY SPIRY